春泥半分 花半分

台灣新俳壹百句

離畢華　著
李瑞騰　主編

【總序】不忘初心

李瑞騰

詩社是一些寫詩的人集結成為一個團體。「一些」是多少？沒有一個地方有規範；寫詩的人簡稱「詩人」，沒有證照，當然更不是一種職業；集結是一個什麼樣的概念？通常是有人起心動念，時機成熟就發起了，找一些朋友來參加，他們之間或有情誼，也可能理念相近，可以互相切磋詩藝，有時聚會聊天，東家長西家短的，然後他們可能會想辦一份詩刊，作為公共平台，發表詩或者關於詩的意見，也開放給非社員投稿；看不順眼，或聽不下去，就可能論爭，有單挑，有打群架，總之熱鬧滾滾。

作為一個團體，詩社可能會有組織章程、同仁公約等，但也可能什麼都沒有，很多事說說也就決定了。因此就有人說，這是剛性的，那是柔性的；依我看，詩人的團體，都是柔性的，當然程度是會有所差別的。

「台灣詩學季刊雜誌社」看起來是「雜誌社」，但其實是「詩社」，一開始辦了一個詩刊《台灣詩學季刊》（出了四十期），後來多發展出《吹鼓吹詩論壇》，原來的那個季刊就轉型成《台灣詩學學刊》。我曾說，這一社兩刊的形態，在台灣是沒有過的；這幾年，又致力於圖書出版，包括吹鼓吹詩叢、同仁詩集、選集、截句系列、詩論叢等，迄今已出版超過一百本了。

根據彙整的資料，二〇一九年共有十二本書（未含蘇紹連主編的三本吹鼓吹詩叢）出版：

一、截句詩系

王仲煌主編／《千島詩社截句選》

於淑雯主編／《放肆詩社截句選》

卡夫、寧靜海主編／《淘氣書寫與帥氣閱讀──截句解讀一百篇》

白靈主編／《不枯萎的鐘聲：二〇一九臉書截句選》

二、台灣詩學同仁詩叢

離畢華詩集／《春泥半分花半分》（台灣新俳壹百句）
朱天詩集／《沼澤風》
王婷詩集／《帶著線條旅行》
曾美玲詩集／《未來狂想曲》

三、台灣詩學詩論叢

林秀赫／《巨靈：百年新詩形式的生成與建構》
余境熹／《卡夫城堡──「誤讀」的詩學》
蕭蕭、曾秀鳳主編／《截句課》（明道博士班生集稿）
白靈／《水過無痕詩知道》

截句推行幾年，已往境外擴展，往更年輕的世代扎根了，選本增多，解讀、論述不斷加強，去年和東吳大學中文系合辦的「現代截句詩學研討會」（發表兩場主題演講、十六篇論文），其中有四篇論文以「截句專輯」刊於《台灣詩學學刊》三十三期（二〇一九年五月）。它本不被看好，但從創作到論述，已累積豐厚的成果，「截句學」已是台灣現代詩學的顯學，殆無可疑慮。

「台灣詩學詩論叢」前面二輯皆同仁之作，今年四本，除白靈《水過無痕詩知道》外，蕭蕭《截句課》是編的，作者群是他在明道大學教的博士生們，余境熹和林秀赫（二〇一七年台灣詩學研究獎得主）都非同仁。

至於這一次新企劃的「同仁詩叢」，主要是想取代以前的書系，讓同仁更有歸屬感；值得一提的是，白靈建議我各以十問來讓作者回答，以幫助讀者更清楚更深刻認識詩人，我覺得頗有意義，就試著做了，希望真能有所助益。

詩之為藝，語言是關鍵，從里巷歌謠之俚俗與迴環復沓，到講究聲律的「欲使宮羽相變，低昂互節，若前有浮聲，則後須切響」（《宋書・謝靈運傳論》），這是寫詩人自己的素養和能力；一但集結成社，團隊的力量就必須出來，至於把力量放在哪裡？怎麼去運作？共識很重要，那正是集體的智慧。

台灣詩學季刊社將不忘初心，在應行可行之事上面，全力以赴。

舉燈尋花答客問

——社長李瑞騰十問

1、你在序中敘述了這本詩集的寫作環境、時間、詩體、配圖等情況，等於自訂遊戲規則，讓自己玩得過癮。還不時跳出來告訴我們，詩句如何？配圖又怎樣？讀者有如看你演出的觀眾，你在編排時曾預想讀者的閱讀嗎？

答：

這的確是一個十分值得思索的問題。任何一種文字創作，涉及「創」字，必得推陳出新，目的不在嘩眾取寵，不在自己玩得過癮，在於創作者對自己文字慣性的顛覆、挑戰和反省。序中所言及的「規矩」，譬如季語云云，也「只用來作為自己在題材和進度上把握與安排的尺度而已，也如生於日本神奈川縣橫濱市的著名茶文化學者森下典子（一九五六～）在書中提及觀賞茶室壁龕所掛字畫時所言，季節不僅指春、夏、秋、冬，人生也有所謂的季節。」其實重點是最後一句：生命四季中種種風情風景的留戀和流連、以及在生命最後一瞬的回眸。

也就因為反覆預想讀者閱讀時的心理流動狀態，定稿時，除留下註明攝影作品的出處文字之外，其餘的詩句如何？配圖又怎樣？就留給讀者自行演繹其中意趣了。

2、你的詩文本都是二行，或可稱「二行詩」。寫的過程，速度快嗎？會修修改改嗎？有沒有筆落紙上即定稿的？

答：

不為作詩而作，因此，雖是兩行，整個創作過程與書寫十萬字長篇小說或千字短文無異，有時枯坐燈下撓耳托腮不得一字，有時忽忽得句數行。當然也有日有所思夜有所夢以至於半夜開燈找筆記下潦草的靈感，待得天明再將夢得的雜蕪之句做理性的澆水施肥、修枝尋花。生活中因已習慣舉筆，卻時時警惕自己務要日夜匪懈的精進詩藝，字句篇章盡量做到「文章出門馬不追」，雖說每句兩行，但字句簡省，要顧及諸如修辭精煉、結構儼然、意象十足，尤其必得「貼心」的各個面相，半年得俳百句，快耶慢耶？都好。

3、二行詩不像四行、八行、十行的承轉之間可迂迴曲折，幾乎要一語中的，等於是說一下筆就要收尾，不容易寫，也不容易工，有人還會懷疑是否具結構的完整性，你自己怎麼看這個問題？

答：

文字或句式越簡省的作品，越難看出其中有所謂的結構，甚至被誤認為東一句西一句散亂無章。論其真，不但章法儼然還歷歷可見。試舉頗受好評、也是用字最少的的第四句「清淚兩行／松脂〔季〕秋」。

清淚兩行，任誰也會生出臉龐有兩道淚水的影像。下一句卻只以兩個字「松脂」來承托、並完整這一俳所有的章法、意趣。它能行嗎？

如果曾經見過松樹幹上剛剛泌出晶瑩透明的松脂，這樣的排比，毋寧是妥洽的。第二，為何會在腦中浮現一張帶淚臉龐的影像呢？顯見此句之前已然發生一段故事，這個「之前」不就是起因的因嗎？不就是起承轉合的起？這個因必是令人生出喟嘆、感傷還或是歡喜的情愫以致潸潸然。第二，為何是松之脂而非擬以他物？一般人對松的既定意象是孤高、傲霜鬥雪、長青不凋，似乎是一位男子品格的客觀物象的影射，那麼，有著這樣性格和為人處世態度的男子，因何緣故淌下淚水？是高處不勝寒？是儻然不群的孤寂？在此兩句裡面作者並沒提供故事結局，正是所謂的餘韻。

如此觀來雖僅兩句卻仍衍櫟森森、勾心鬥角、玉瓦飛簷，結構儼然矣。

俳句精神有些呈現禪學理趣，譬如棒喝。此喝或非要震醒愚痴之人，反倒是提醒世人當下之存在與美好。也有可能純粹是文字本質、以及隱於字背的奧義之美。

4、配圖是另一問題。不管是攝影或繪畫，大部分是你自己的作品，你序中特別提到「意、境相符」。能否舉例說明？

答：

配圖既被視為「問題」，藉此略述自己如何釐清並掌握文字與圖畫間主從關係、對應（也就是意／境）關係的訓練過程。

照片或畫作通過視覺，人類可以感知外界物體的大小、明暗、顏色、動靜，獲得對機體生存具有重要意義的各種信息，至少有八〇%以上的外界信息是經視覺獲得的，說視覺是人最重要的感覺器官也不為過。所以不論美醜，照片或畫作自己本身便已經由視覺告訴我們許多故事，而你所完成的文字在敘述面向上不也是在說故事，關鍵在於圖與文能相得益彰，當然也有圖文不符者。圖文相符必得文意與畫境靈通融匯，讓以文字作為主體的創作以另一種視覺傳導的方式更加深刻的傳達到閱讀者心腦，使心靈、精神上得到更完整的滿足。

畢竟，寫作的人以文字表現作為目標，若能精工文字，文字本身所營造、蘊蓄的意象便已是最美的畫面；至於「配圖」，時代進程因資訊爆發而產生輕薄短小的世代，一般人在被壓縮的時間內要解讀眾多資訊，一個好方法便是代之以圖案。大約一九七八年（民生報創報）左右演變成閱眾被紙本媒體導引改變閱讀習性，加上某香港報紙進入台灣，版面以大量圖片吸引讀者，如此，加劇了讀者看圖而不喜閱讀文字的偏食胃口。直到今日，有無遠弗屆的網路加速傳達訊息，所有人事物變成電影底片式的影格，為求在稍縱即逝的訊息大河中博得青睞，原本以文字作主體的創作者也隨波加上一眼便能決定喜惡的圖照，讀者也就不再花心思動腦筋細細品嘗文學之美。

五十年來，個人的寫作和繪畫自始便如相依為命的孿生兄弟，我曾說過，「當我思索該如何以文字表達幽微飄渺的意象而不可得時，便轉以繪畫形式呈現。反之亦然。」如此多年行來，自然有所體會。

加上就讀美術研究所時，指導教授耳提面命喚醒並深化我「視覺思考」的覺知和能力，力除看圖說故事或看故事畫圖的不純粹。如此歷時四載，對於圖畫如何以線條、光影和形色表達出「境」之形色而臻文字意象奧義，於焉了然於心。

因此在本書中所呈現的攝影作品，並非為成文而攝取，而是於居家或旅遊當時，純以視覺美學的角度拍攝。畢竟圖文都是出自己一手，兩者之藝術取向當然同軌合輒，意境自然相符。

至於「意境相符的例子」，全書幾達百分之九十，剩下的百分之十可能因每位讀者理解、體悟之深淺而有不同吧。

5、你提到攝影作品為行旅中隨手拍攝，旅行的地方常是日本，「俳」亦有日本因素。說說你的日本經驗和因緣，讓我們更了解你的詩創作。

答：

最早約在八〇年代，我有一位日籍老師千葉順一，跟隨他專攻造型設計近十五年許，這是初識日本的契機。親睹所謂已開發國家硬體軟體的強大實力、也動心於庶民的人情義理，更別說折服於關於生活禮儀之細膩與究極，自此一路瘋狂吸收東洋文化，說是第一代哈日族也不為過。直到小女遠嫁東瀛，便多有機會便前往扶桑之國探親、遊學和觀光。

在日本趖遊期間，因為個性和興趣所在，特別專注於侘寂之美的事和物，「俳」即為此類之屬，雖不諳日本語文，難能深入俳句精髓，翻譯俳句之書籍又難免隔靴搔癢，即便如此，也因身教境教之積累，心靈感通，身心已然充沛東洋美學。

又因皈依正信佛教聖嚴師父座下，在佛教經典的哲學層面其實通於部分俳句內蘊之禪思。

這些是我創作時一部分的源頭。

6、你也提到圖為「寫生所得」，請問：對你來說，繪畫的意義為何？

答：

如前所述，「當我思索該如何以文字表達幽微飄渺的意象而不可得時，便轉以繪畫形式呈現。反之亦然。」除了此實用性之外，繪畫之於我如同文字之於我，是傳達、宣示一己思想、感情的重要媒介。

繪畫從幼時天賦進化到專研程度而得藝術學碩士之認證，其中多次心路歷程上的轉折，實難於此詳述。可以確定一點，從繪畫藝術的技術精研和心領神會中，感通於她與文字創作藝術之大同，因此，在詩藝上更開拓出色彩沛然之詩體，如例：「窗動上還年輕，塗抹翠藤的眼影／打溼一雙布鞋，汲提一聲水句／泥爐上滾水壺裡／一片落花，有意」，擷自〈山中曆日〉（《山中曆日》，離畢華，春暉出版社，二〇〇五。）一詩的文字中，細心讀者當可讀出顏色。且不只此首，個人所出版之詩集中多有可見。

7、「季語」很有意思，「歲有其物，物有其容」，古人談季節多矣；而你有時用「註」、「釋」略為說明，有時配圖亦與之相互輝映。這裡面自有你的季節感，請試為解說。

答：

與其在外顯的文句和圖照裡看出所謂的「季節感」，不如說最在意的是讀者讀出之後，在心理層面所感受到的溫度變化，正是茶文化學者森下典子（一九五六～）說的「季節不僅指春、夏、秋、冬，人生也有所謂的季節。」由於人生生老病死的成住壞空猶如四季更迭，在覓句當時的季候中寫出當下所感，叩應「吃飯時吃飯、睡覺時睡覺」的修行態度，也是生活的態度。

也如序中提及，有別於傳統俳句對於季語的要求和表現，「只用來作為自己在題材和進度上把握與安排的尺度而已」。

8、「註」、「釋」不一定全有，或有「註」無「釋」，後者應為連結意旨，有可說可不說者嗎？

答：

社長所讀因係初稿，顧及讀者閱讀尋索所探查的樂趣，在定稿中除保留必要的「釋」以外已多數刪除，所以應無這個問題。

9、整個看一百句，大部分為寫景以抒情、寄意，乃至悟理，有時總覺得可再開展成篇，嘗試過嗎？

答：

且讀拙詩〈自體告白〉：「攤平，屍之詩，大寂靜／清澈又緩和到以為不見／所有的星宿和雷霆都趕來／到眼前，進入思緒的纖維／／挺起如丘如墳，我把頭顱／塞近空氣的兩枚分子之間／手掌住腳刀，高舉，再高／堆疊所有的骨駭，更再高舉／掛上色幡經旗，珠穆朗瑪峰／獵獵的，風／吹不動／／酥油和經葉／青燈如眼／／大地震動，瑜珈墊上／裂開微笑。合十。」

此詩作於二〇一四年八月十二日，上午1:03:56，早於此俳句集五年。個人平時即出入各類文體創作，自然在選擇題材之後，對於形式以及結構、裁剪會做諸多考量：能短者不長；需長者淋漓鋪陳；以文字捕捉意象有所不逮，即改以視覺圖像表現之。總之，盡情盡性傾訴與你，我的讀者。

10、第五十九句有圖「寒舍佛龕」。你念經拜佛嗎？有意用二行詩表達禪意嗎？

答：

我皈依聖嚴法師座下十數年，在解行並進的經典教誨和精神感召下，也在法鼓山助念團擔任義工。四六時中，得有空暇便散心念經念佛，外出散步、行事也是隨緣經行。

俳句精神中迭有禪思，此集雖稱之為「台灣新俳」，字裡行間多少顯露禪義裡的當下。

平行的雙軌如何瀰滿詩意？

——離畢華的侘寂美學

蕭蕭

離畢華（盧兆琦，一九五五—）要出版他的兩行詩集《春泥半分花半分》，這樣的集名，在花的繽紛期就預見春泥的真實面目，頗富禪意，所以他不用時下流行的「截句」——兩三年內已經出版五十冊以上相關著作的截句，也不追隨原住民詩人瓦歷斯・諾幹的「兩行詩」專名，而用「離畢華俳句百首」做為副標題，應該有他自己內心的三省五思。

我不是離畢華，不能周知他的三省五思。

他的出生地與我相隔一座八卦山又〇・一座中央山脈，山阻水險，他既在山中又在水里坑，平原長大的我不能周知他的三山五脈。他從南投真的投向南方浸淫藝術，我飄往北地鑽研華夏文化，更不能周知他中南海的三顏五彩。他以〈普普坦之猜想〉勇奪第二十一屆時報文學獎新詩首獎，我還在猜想「普普坦」會是什麼樣的歷史印記，何能研析他的三猜五想。更早之前他創作長篇小說《十三暝的月最美》獲得第一屆「九歌」兩百萬文學獎網路人氣獎（首獎從缺），那種細膩的心思，曲折的安排，放眼文壇，誰又能委曲於他的三彎五轉，誰又能細辨十三暝、十四暝、十五暝的月哪時候最美？

但是，對於《春泥半分花半分》，我有七分鑽研內容的好奇心，對於「離畢華俳句百首」的「俳句」在台灣新詩史的發展軌跡，也有三分探險的欲望，所以，雖不能周知他的三省五思，我也要掀開這部詩集的第一頁……

一、從HAIKU到漢俳：字音與字形的換置

俳句（HAIKU），一般指著由十七個日文音所組成的定型短詩，通常包含兩個要素：一是三行十七音，第一行五音，第二行七音，第三行五音；二是其中有一

音（以上）是代表時間的「季語」（季題）。這就是俳句。這是基本原則，但有原則必有例外，如十七音的規定，有多過五、七、五的就稱為「字餘」，少於五、七、五的就稱為「字不足」，仍然稱為俳句。

所謂「季語」是指用來表示季節、時間點的用語，如天象的驟雨、雪，植物的櫻花、桃花，動物的螢火蟲、蟬，生活裡的壓歲錢等等，都可以讓人聯想到季節、時令。其實，往前推，唐宋詩詞裡的每一首詩，都有季語，如王維〈辛夷塢〉：「木末芙蓉花，山中發紅萼。澗戶寂無人，紛紛開且落。」「芙蓉花」的開落自有定時，這就是標明時間、季節的季語。如蘇東坡的〈水龍吟・次韻章質夫楊花詞〉：「似花還是非花，也無人惜從教墜。拋家傍路，思量卻是，無情有思。縈損柔腸，困酣嬌眼，欲開還閉。夢隨風萬里，尋郎去處，雙還被、鶯呼起。╱╱不恨此花飛盡，恨西園、落紅難綴。曉來雨過，遺蹤何在？一池萍碎。春色三分，二分塵土，一分流水。細看來、不是楊花，點點是離人淚。」關鍵詞就是「楊花」，楊花的生長背景、狀態、特色、象徵義，就成為這首詞的聚焦處。日本俳句的「季語」通常又多帶著繫念掛心之情，諸如面對童年、故鄉、故人的緬懷深意。

但有趣的是，俳句中也有不用季語的，就稱為「無季」；兩個（以上）的季語，也能接受，稱之為「重季」。

這樣的日本俳句發展，出現了幾個重要的俳句詩人，俳聖「松尾芭蕉」（一六四四－一六九四）是第一位讓俳句獨立出來，亮眼現身的詩人，他將雅、俗兩種不同類型的俳句風格，古典技巧與自由風格同冶於一爐，讓庶民的生活有詩可以存真，能以簡單的事物表達深沉的感受，自己就是充滿文學氣息的旅遊詩人。其後的詩人「與謝蕪村」（一七一六－一七八四），善於敏銳捕捉寂靜情境中事物的動與變，顯現書法家與畫家的特殊觀點，類近於儒家。「小林一茶」（一七六三－一八二七）則被視為有佛家慈悲心的俳句詩人，心物可以圓融為一體，詩人的慈悲心意映射於外物。這三位的成就，凝聚成我們對日本俳句（HAIKU）的統合印象。

依循這種認識，欣賞日文俳句以後，民國初年就有趙樸初（一九〇七－二〇〇〇）所定型的「漢俳」，以漢字書寫，改十七音為十七漢字，走出兩種類型，一是近乎文言（宋詞）、強調音樂性的格律體，一是白話口語、近乎新詩的自由體，兩者都接納「季語」的相關規定，統稱為漢俳。

台灣則是在一九二八年ゆうかり社出版《台灣俳句集》，而有了台灣俳句的說法，甚而有人簡稱為「台俳」（或「灣俳」），其中以黃靈芝（黃天驥，一九二八－二〇一六）以《台灣俳句歲時記》獲得二〇〇四年日本正岡子規「國際俳句獎」，為「台俳」最高潮。當然「台俳」也未定於一尊，路數相當歧異。譬如戰後出生的詩人、學者林梵（林瑞明，一九五〇－二〇一八）寫了不少以〈台灣俳句〉為題的詩，例舉其一：「陽光穿越了黑森林／飛瀑濺起的水珠／反射出千萬顆小太陽」（《笠》詩刊二〇三期，一九九八年二月），只維繫三行的基礎型規定，十七音（字）的五七五短長穿插則無暇一顧，季語也不明顯。但晚近也創作台俳的林柏維（一九五八－），他的〈孤星〉：「寂靜守蒼穹／微光獨照萬里風／滑落破夜空」（《南台通識電子報》第七一期，二〇一七年七月一五日，頁二八），不但謹守五七五的外在形式，還嚴遵一、三行末字押韻的格律規定。兩位年紀相差八年、同為南台灣史學家，前後參與文學創作、且同樣選擇了俳句寫作，自由與嚴謹的作風卻趨於兩極，顯示出所謂的漢俳、台俳，雖然同樣使用「俳」字，卻保有中文、漢字的極大發揮自由。這其間，顯然也未能看出林梵、林柏維與黃靈芝之間有一絲一毫的傳承關係。

二、從漢俳到華俳：行數的縮減，當下的吟詠

二〇一八年十二月台灣社會出版了另一種面貌的「華文（二行）俳句」：《華文俳句選》（吳衛峰等五人合著，秀威資訊公司，二〇一八），或許可以簡稱為「華俳」，最大的特色是只寫兩行，完全異於日本或國際性的「三行俳句」傳統。根據吳衛峰所撰〈華文二行俳句的寫作方法〉，華俳有六項要點：

（一）俳句無題，分兩行。

（二）兩行之間意思斷開，即日本俳句的「切」，二行之間的關係稱之為「二項組合」，二者不即不離，一重一輕，一主一次，相互關聯、襯托以營造詩意。

（三）一首俳句，一個季語。（無季俳句亦可）。

（四）俳句內容：吟詠當下，截取瞬間，不寫過去和將來。

（五）吟詠具體的事物，不寫抽象的觀念。

（六）提倡簡約、留白，不用多餘或說明性的詞語。

（《華文俳句選》，頁一〇一一四）

華俳仍願歸屬於「俳句」詩體，但為何可以自由地選擇「二行」為定體，則無任何理論上的宣示，季語之有無也缺立論的根據，但吟詠「當下的美學」則標舉得十分清楚：不寫過去、不寫將來、不寫抽象。兩行之間的斷與連，吳衛峰的〈華文二行俳句的寫作方法〉藉「切」與「二項組合」，已經說得很清楚，但成員之一的洪郁芬則另提「幽玄」美，認為「五七五七七定型和歌中，以『切』使詩句處於尚未止歇的情形，讓讀者欲求探索的心飛到下一句，以求懸宕的意識能找到可停歇的歸宿。」所以兩行之間的「切」，可以「使深遠的意義和餘情得以在短小的詩句間釋放。」（洪郁芬：〈俳句〝切〞之幽玄美〉，《圓桌詩刊》六四期，頁四六，二〇一九年六月）。這種以「切」去追求「幽玄」之美，有似於禪宗的截斷眾流、棒之喝之，如之何斷而不斷的這種拿捏一直是覺悟路上的柔性障蔽。

漢俳、台俳之於「和俳」是形式上的追隨，小詩的原始喜愛，語言上改用「漢字」（邱各容的《台灣俳句集》〔唐山出版社，二〇一七〕則另有「台語」專輯），可以看出漢字、台地的特殊意義。

華俳之於「和俳」，形式上從三行到兩行加以切割，意境上又從原來的寧靜、詼諧、懸疑、寂寞的眾聲之路，走向單一的幽玄之徑，但出版的《華文俳句選》偏偏又附有日譯文字，對於「俳」字似乎若即若離，對於特別標舉的「華」字則著墨不多。

漢俳、台俳、華俳，顯然也沒有任何傳承、繫連。唯一的繫連是藕斷絲連、若即若離的那個「俳」字──短小的詩篇。

否則，以華文的「俳」字而言，他是跟「俳優」、「俳倡」的戲劇性演出結合在一起的，這時的華文俳句就可能是重視詼諧、滑稽的戲劇性畫面或場景之作，不幽不玄。華文的「俳」字與詩相關的另一意義是「俳體」，一種講求對仗工巧、聲律華美的文體，近乎駢體，以堆垛故事為能事，距離我們今天所認知的俳句就更遠了！

三、從俳句到離畢華俳句：侘寂美學的撥尋

離畢華的詩集《春泥半分花半分》，定「離畢華俳句百首」做為副標題，因為他從一九九九年四月就有〈櫻樹的俳句〉（《台灣新聞報・西子灣副刊》）的創作，選櫻樹，寫俳句，足見他對日本文化情有獨鍾，但他對俳句也有自己的省思——

「創作若有種種框限，於我而言實感窒息，於是自己設定功課：以兩行的文字，在兩行之間以充足的意象和弦外之音來表現日本文化中極具特色的、接近禪意的『侘寂』。唯一擷取日俳中的用法是季語的部分。季語在日俳中也有嚴謹的規範，而我弱水三千只取一瓢，只用來作為自己在題材和進度上把握與安排的一個尺度而已。」（本書自序〈石斑木的俳句〉）

這種覺醒的話，顯示離畢華是日俳的愛好者，但他堅持走出自己的「離畢華俳句」風格，遠離和俳、漢俳、台俳、華俳的既有印象，只留下「季語」作為自己從二〇一八年底寫到二〇一九春天的刻痕，但追求「日本文化中極具特色的、接近禪意的『侘寂』。」

侘寂（わびさび，Wabi-sabi）美學，是日本的特殊審美價值的體現，承認現實生命的無常，卻要在無常中發現永恆的存在；承認現實生活中的未完成，卻能在縮小、縮短的情境裡享受階段性的完整；接受天下沒有什麼是至善的、完美的，所以滿足於未竟的、殘缺的、粗糙的、不規則的美。分開來說，「侘（わび）」是捨棄奢華，返回平淡，是清貧思想、極簡空間的實踐，能將一花視為一世界；「寂（さび）」則是以沉靜的心境、孤寂的感覺，去體察「有常」與「無常」、「完整」與「不完整」、「美善」與「非美善」的異與同，能將一世界收納為一朵花。

因此，侘寂美學是相對於金碧輝煌、完美無瑕疵的二殘三缺；是欣賞枯山水、青苔、手工陶勝於雄渾氣魄、大塊山水、精緻瓷器的體會；是彎著腰、低著頭去喝一缽野茶的生活哲學。

離畢華的詩句：

左營舊城牆上的夕照／羊蹄甲跌碎　〈第三句〉

棲息在睫毛上白色的夢／午夜落雪　〈第六句〉

清明掃墓／一半春泥一半花　〈第三十句〉
生命故事／缺頁或破損無處更換　〈第九十句〉

似乎有一種淡定的追尋，淡然的收穫。

進一步觀察離畢華的俳句創作，嚴謹的一百句整數俳句、嚴謹的兩行詩行堅持、嚴謹的目次上兩個字（首二字）的題目標示、嚴謹的圖片配置，在在指向離畢華內心的潔癖習性，自律甚嚴的品格要求。因此，值得我們去探究這兩行詩句之間的相互關係。

根據分析，離畢華的兩行詩之間可能有下列幾種關係：

（一）櫻花開謝型

日本櫻花，即開即謝，形成日本人的文化個性，及時抓住霎那間的美感，及時行樂，是一種「物哀觀」的具體實踐。物，可以是器物、文物、動物、植物、景物，也可以是人物；哀，是內在的主觀情緒，往淺處行是憂，往深處走是悲、是痛，背道而馳，淺深有別，也可以是喜、是樂。所以，離畢華的俳句二行，維繫著這種櫻花即開即謝的物哀美學，第一行、花立開，第二行、花即謝，瞬間的觸拍，瞬間的感動。

春寒料峭的清晨／茶芽在陶杯裡旋舞　〈第六十五句〉

清風不識字／俳句寫在柳條上　〈第九十一句〉

（二）武士切腹型

日本武士以切腹表達赴義的決心，是另一種日本的文化精神，決絕而勇敢，蓋因人類的腹部是神經叢生的部位，切腹不能立即致死，但至痛至苦卻延續不斷，切腹人仍然選擇這種最痛苦的自殺方式，是面對死亡的最後決絕，需要極大的勇氣。使用在兩行詩的寫作時，暗示詩人：當斷則斷，不斷必亂，因為詩句只限兩行，不能有任何冗詞、贅字，不能長篇大論、長河遠流，不能旁生枝節、演繹無限，再痛也要切除，才是真正的決絕。

清淚兩行／松脂　〈第四句〉

飄落一片枯葉／棋盤上久久下了一子　〈第七十六句〉

（三）異質並置型

緊鄰的二行俳句，如果句意相連，結果就像是一行詩句只是中間喘了一口氣，因此，二行之間最好能斬斷可能的繫連，最直接的方法就是選擇異質性的物件並置在一起，或許會有電影的「蒙太奇」（montage）效果。如「火車在山谷中奔馳」是人造的機器載運的事實，「大雁排成人字」則是大自然的動物遷徙現象，兩者並置在一起，會有視野、思維的衝激效果，引發閱讀者不同的想像，形成詩意。

截句的寫作一般以四行為常態，論者通常在講述截句結構時，會順理成章以「起承轉合」四字去扣合四句，強調「轉」字（第三行）的重要。但二行俳句只有兩行，所以會將「起承」合為前句，「轉合」合為後句，既然是在「轉」的節骨眼分開，前後二句理應是異質性的並置，所以，截句與俳句的寫作方法是相通的，而且是先學截句、再學俳句，更為便捷。

火車在山谷中奔馳／大雁排成人字　〈第三十四句〉

梔子花開白勝雪／小寺院傳來梵唱聲　〈第五十五句〉

（四）因果循環型

異質並置型的兩個句子放在一起，如果二者之間截然不相干、不相關、不相繫、不相連，有可能是「櫻花開謝型」，櫻花即開即謝，迅即離開樹身，有著倏然之美；也有可能是「武士切腹型」，有著如雷之勇，斷然悲壯。但通常，這兩句詩之間，藕雖斷絲仍相連，作者與讀者仍然會有那麼一絲牽繫，繫在兩句詩的細微處，這時，二者之間，有可能是「因果循環型」，也有可能是「互為隱喻型」。

因果循環型，可以找出因與果的互動，如理學家「格物」而後可以「致知」，如科學家「即物」而後可以「窮理」。以離畢華俳句之第四十九句而言，因為秋月清暉，所以房子好像上了白漆；或者說，因為房子潔白，所以月光更見皎潔。這是理性的讀者所喜歡的俳句。

秋月清暉／漆成白色的房子　〈第四十九句〉

過熱的電磁爐／歡樂的除夕團圓飯　〈第五十九句〉

漁船已出港／空無一人的碼頭　〈第九十二句〉

（五）互為隱喻型

感性型的讀者則會喜歡互為隱喻的兩句詩。以離畢華俳句之第七十七句來看：勞碌奔波的人（好像是）洗衣機裡快速旋轉以脫水的工作服。或者反過來說：洗衣機裡快速旋轉以脫水的工作服（好像是）勞碌奔波的人。這時的「人」與「工作服」是異質性的並置。

待春的冰面忽然龜裂／幼雛啼鳴的聲音　〈第六十六句〉

梅雨季潮濕的棉被／醬缸裡醃製的小黃瓜　〈第六十八句〉

勞碌奔波的人／洗衣機裡快速旋轉以脫水的工作服　〈第七十七句〉

離畢華的二行俳句以這五種基型，達成他所嚮往的日本文化中的侘寂美學，所謂春泥半分花半分的半分，早已透露這種「侘寂」的處世態度。

四、從離畢華俳句到離畢華的完成

離畢華以完整的百首俳句去實現他自己在〈序〉中所說的「第三期讀書計畫」，達成自己撥尋的侘寂美學，悟得了「春泥半分花半分」的天地倫理。或許二行俳句這種類型的小詩，正是侘寂美學最佳的載具，他體現了，他達成了！但是，天地有大美，即使是日本美學的四大概念，侘寂之外，還有物哀、幽玄、意氣，又該如何以詩、以畫、以小說去實踐？黑川雅之（Masayuki Kurokawa）更提出了八個字（「微」、「並」、「氣」、「間」、「秘」、「素」、「假」、「破」），可以互為前提、互為回應的八個美學意識，此外，希臘美學、中國傳統美學、天地大美……，又該如何去實踐？

是的，因為百首俳句的完成，我們對離畢華的期望就更大了！

寫於二〇一九年大暑過後

離氏俳句之猜想
——《春泥半分花半分》序

白靈

詩無定式，詩要怎麼寫，採用什麼形式，詩人有絕對的自由。而當將某一形式固定化，定下名稱，自我實踐一段時間，看它效果如何，有無向外推展、引人認同效法，往往需要頗長時間的驗証，古今中外無不如此。

一九七九年後台灣的小詩、一九九六年大陸的三行微型詩、近年四或五行的微詩、二〇一五年一至四行的截句一詞亦然，有趣的是，一九二二年周作人主張的小詩即是「一至四行」。而在台灣，上面各種短小形式，無不認定是小詩的範疇（十行以內），在大陸，多數詩人則稱它們是短詩。可見得，一名稱要能獲得普遍共識，著實不易，非行之有年，恐難有定論。

離畢華將這本《春泥半分花半分》詩集稱為「台灣新俳壹百句」，但其俳句皆為二行體，捨去早已成規、風行世界的日本俳句五七五十七音形式（漢譯常成字數不定的三行），或一九八〇年趙樸初所謂五七五漢俳，或一九九三年台灣陳黎《小宇宙》三行自由俳，倒有如二〇一一年瓦歷斯・諾幹二行體詩集《當世界留下二行詩》。因此離氏所寫明明亦是二行體，卻自稱「台灣新俳壹百句」，不能不說頗具膽識，以半年時間即實踐百首，此「離氏俳句」之出現，或有所圖，值得深究。

比如以此集「第一句」（他的「句」或有「首」之意）其實無題，為方便讀者查詢，作者在目錄中取每首首行二字暫名為〈三千〉，餘皆如此類推。〈三千〉僅十三字：

三千院紫陽花
誦遍經卷六百部

三千院為日本京都市左京區大原的天台宗寺院名稱，供奉藥師如來。最早原為日本天台宗始祖最澄上人（七六七～八二二）所搭建的草庵，是承繼南北朝梁武帝時期佛教天台宗四祖智顗（五三八年～五九七年）的學說而來。智顗認為世上有三千種世間，且都出於心中一念，稱「一念三千」，即起心動念之際，三千諸法，無不具足，乃天台宗的觀心法門，三千院寺名顯與此有關。

此詩的第一行與第二行之間沒有必然的關係，但因「三千院」與佛法具有厚重淵源，使得七月盛開的「紫陽花」（即繡球花）也有了除了繁盛外深藏著什麼的意涵。於是「誦遍經卷六百部」好像也成了「紫陽花」所以能成為「紫陽花」的一種修行過程。「三千」與「六百」，「院」與「部」也似乎有了什麼聯繫，「誦遍」好像也有了「開遍」的意思。至於為什麼是「六百部」，而不是如乾隆年間出版的《大藏經》（《龍藏》）收錄的經、律、論、雜著等共一六六九部、七一六八卷、五千六百多萬字那麼多，倒是有點像唐朝玄奘六六〇～六六三年譯出著名的《大般若波羅蜜多經》共計十六會的六百卷，也許作者即取此為底，以「三千」與「六百」有相對之意吧？

「紫陽花」是大地各種元素經由花種籽所展現的色澤、乃至有「土地短暫的經卷」般值得細賞體會其乍開即謝的意涵，但又年年按時開，是大自然外在力量的因緣際會所得；「經卷六百部」的「經卷」是覺智者對天地宇宙世間諸苦的心領神悟，乃無上智慧的結晶，有如「精神的紫陽花」一般難能可貴，也時時有人要拿出來誦唸，是人心渴求安頓自身的內在力量。一展現為視覺，一表現為聽覺，兩者如若同時發生，一誦唸在寺院殿堂，一遍開在寺院周遭，此應彼和，是千年古寺三千院古樸中燦亮自身光芒的一種方式，又是極為莊嚴定靜的。

兩行沒有必然的句子，靠著讀者自己自由的聯想，使之產生或弱或強、或即又或離的連結，端在讀者個人修為或自我不斷填補的方式。這似乎是「離氏俳句」的一種策略，其中隱藏著「故意要少掉什麼」的形式和技法。

這其中緣由或與他喜歡的日本「侘寂」（Wabi Sabi）美學有關。此「侘寂」的「侘」（wabi，音剎）字，與事物的外延空間有關，容許形貌簡陋樸素乃至殘缺，而「寂」（sabi）與事物的內涵時間或本質有關，以平常心看待暫存即逝、無常易空。如此「侘寂」二字遂有嚮往質樸、不排斥不完美、容許未完成乃至殘缺、轉瞬即逝的狀態或現象，由此提供了人們林不住什麼的想像空間。當其置入當下時空時，又涉及了自然力量之美、自然力量之無常之殘酷，而那些自然現象無不可與看似繁瑣複雜的世間紅塵諸事相對應，我們實無須以二元對立的觀念或方式與之對抗。如此「以不完美為美」、「所謂美即美在不完美」，參照此詩，或許可稍明「離氏俳句」二行體獨特的寫作企圖，也可略窺出作者所欲貼近的是什麼吧？

又如第二句〈煙火〉：

煙火開在扇面上
浴衣裙襬下木屐聲

「煙火」屬火、「浴衣」屬水，一被展開顯然畫在搖動中「扇面」上，另一則是穿著走路在下搖晃的「裙襬」，扇面「上」是視覺，裙襬「下」木屐，一是熱鬧的聽覺，一是畫面應有聲卻又無聲的煙火視覺對應，而始終沒詩中未出現的女人隱在其中，有呼之欲出、只聞屐響不見其人的趣味，像是由門縫外窺，略見部份聽聞屐聲、很想一睹全貌的感受。

其實讀「離氏俳句」並不輕鬆，他造成的「殘缺」或「不足」越大，越令人傷腦筋，因要填補的空隙越大，反而類似比喻的詩句就沒那麼困擾。比如：

清空房子
看到海平面
（第六十九句〈清空〉）

飄落一片枯葉
棋盤上久久下了一子
（第七十六句〈飄落〉）

這兩首首行句型相近，均為「動詞＋名詞」，第二行像是第一行的結果，但〈清空〉的結果比較有必然性，雖然說的不見得是房子，有斷捨離去一切，心境自然寬鬆平坦之意。但〈飄落〉就不然，「下了一子」是久久思索的結果，與枯葉久久才落下一片相似，但「下了一子」多半是有所圖，而「飄落一片」往往是不得已，因此〈飄落〉會比〈清空〉空隙更大、想像空間也越廣。這兩首皆與內在的心境或感受有關。

沒那麼困擾類似比喻的詩句，如下舉四首，但其間也有不同：

紅磚道上一片腐葉
路人甲
（第十三句〈紅磚〉）

深秋的海潮
流雲
（第九句〈深秋〉）

數十本發黃日記簿
風雪中轉山途經的瑪尼石堆
（第五十六句〈數十〉）

墨黑的筆電鍵盤
水田等待插秧的春天
（第二十九句〈墨黑〉）

四首皆兩行並列互比，形成彼此可是喻旨（A）也可是喻依（B），也可互換，且皆有流動的、無法抓住的意味。前兩首〈紅磚〉、〈深秋〉的前後二行每個字詞屬同類或相近聯想，〈數十〉、〈墨黑〉的前後二行的字詞相距甚遠或屬類似聯想。類似聯想比相近聯想要費腦筋去連結，但用的字似乎更多了些。

但也沒那麼必然，此如此集用字省到極致的第四句〈清淚〉，僅六個字：

清淚兩行
松脂

松脂又名松香，是松樹內含有的樹脂，具可燃性，可當照相、助焊劑、中藥、弦樂器增摩擦力等，埋地下成化石則成琥珀。單以入藥來看，其味苦、性溫、歸脾經，具祛風，殺蟲功效，主治疥瘡，皮癬等，如趙學敏編的《本草綱目拾遺》（一七六五）說：「治瘡疥久遠不癒，百藥不效，以此油新浴後擦之，或加白礬末少許和擦，更妙。」詩人寫清淚可能只以松脂比擬淚的形狀、透明度和久留心上之感，不見得會想到它的香味和葯性，但「清淚兩行」說不定還真有「松脂」般的療效哩。

無論如何，讀「離氏俳句」不可能太輕鬆，不花一點腦筋可能會空入寶山一趟。至於有些詩的確稍不易領會，如二十三、二十四、四十句，有些與歷史背景有關，如四十六、四十八句，需再追索即可進入。有些甚易體認，興味稍減，如六十八、七十一、七十三、八十三、九十五，但略有轉折者較有生趣、可沉思玩味，如五十一、五十七、六十五、七十、七十四、八十、八十五、九十七、一〇〇句。

在詩領域上，離畢華（一九五五～，本名盧兆琦）是晚熟的，二七歲（一九八二）才發表第一首詩〈金矢〉於《路工詩潮》，四四歲（一九九九）才出版第一本詩集《縱浪去吧》，相對於許多詩壇的成名詩人都晚了一二十年。也許是因他堅持全方位地發展天賦的關係，他在藝術與文學的努力是多元並進的，數十年下來，繪畫、詩、長篇小說、散文皆有不少斬獲，唯繪畫和設計是他本行，豎起的豐碑似乎更為耀眼。

他的成名作應該是一九九八年獲得第二十一屆時報文學獎新詩首獎的〈普普坦之猜想〉，那年他已四三歲。與他同屆競賽，結果被他打敗，獲得時報文學獎新詩評審獎的有兩位，一位是唐捐（一九六八～）的名作〈我的詩和父親的痰〉，那時已出版了兩本詩集《意氣草》、《暗中》。另一位是李進文（一九六五～）的〈大寂靜〉，那時已出版了詩集《一枚西班牙錢幣的自助旅行》。離畢華到隔年出版第一本詩集時，理當就命名可以遐想的《普普坦之猜想》，偏偏是縱放心境的《縱浪去吧》，不知與他畫家的個性是否有關。

或也不盡然，二〇一五年他在《字花遶境──現代詩創作集》的序文中寫道：「三十五年來持續不輟的寫作，早期的剪報有些早化成齏粉或有另一些也因幾次搬家而佚失；中期約二十五年左右儲存於電腦資料夾裡的圖文作品因為在設定Ipad二時錯按一鍵而清除殆盡！連一絲火星都沒見著、連個隻字片語的殘燼都不可求就全數被吃進不可知的程式黑洞裡。」如此一生大半作品「在電腦中失火」般的慘狀，「夙夜匪懈的創作於今灰飛煙滅、杳無蹤跡」，任誰皆有半生皆埋入灰燼之感，那是離畢華的刻入骨髓似、走進「侘寂」的深度體認。

因此當他說：「無常要用句號定義一生時，我只能用一枚漂亮的逗點作為我對它的抗議和答辯。」或許台灣新俳壹百句的「離氏俳句」就是他在詩藝上「不停逗號」的方式，句號則有待讀者自行打上、或與他共同完成、乃至像筆者一樣有時會處在一種「猜想」的有趣狀態。

「以不完美為美」是「侘寂」的走向，當詩也以極簡、類似「斷捨離」般削減到極致時，就近乎是趨向空寂的一種獨特的後現代表現形式，有時是大量的留白，有時像幾筆抽象藝術，需讀者自行體認或填補，台灣新俳壹百句的「離氏俳句」的二行體給了我們繼續思索的廣大空間。

石斑木的俳句

離畢華

完成第一百首的俳句時，閒步前庭，發覺庭中那株久未盛開的石斑木此時開出密密麻麻的花朵，嬌小細嫩如初雪的花瓣十分惹人憐愛。

當初在園藝苗圃一眼看見她瘦逸遒勁有如瘦金體細瘦峭硬復有灑脫風流的骨幹便愛上了，也沒聽清楚花圃老闆娘在一旁說明栽植方法與花期便買下，這時才問了她的芳名，「剛剛說了。說了你也記不住，我幫你寫下。」

從一欉細碎綠葉變成春雪初覆大約是六個月的時間，喔，也就是這百首俳句從二〇一八年底寫到二〇一九年的春天[1]。

---

1 圖文增刪之故，加入二〇一九新作，如第五十句、第七十三句及第八十三句。

在有如漫漫長夜的四十多年創作歷程中，力求將各種文體、甚至繪畫藝術都嘗試並磨練以探究一番，主要是為的一個「通」字。邇來，各式文體在臉書翻江倒海，掀起可觀可賞的浪濤，憶起自己偏愛芭蕉，加上隅田川畔奇蹟式的偶遇（如附照），於是拾起自一九九九年四月發表於台灣新聞報西灣副刊第一次以俳句為名的現代詩〈櫻樹的俳句〉，延續俳意，且以更精簡的兩行文字來突破舊我的寫作習性。

有著艄形彎弧的花花瓣瓣都
划著香氣問槳於流風的
去了，遠了

從此作可發現完全不符日俳的格式、音節、季語等要求，即便是所謂的漢俳相較也有差異。而，創作若有種種框限，於我而言實感窒息，於是自己設定功課：以最簡約的兩行文字，在兩行之間發揮修辭技法以充足的意象，並讓呈現的意象蒙太奇成弦外之音的隱喻來表現以象形線條為基礎演化而來漢字中「意」與「象」合成的奧義，以及日本文化中極具特色的、接近禪意的「侘寂」。

唯一擷取日俳中的用法是季語的部分。季語在日俳中也有嚴謹的規範，而我弱水三千只取一瓢，只用來作為自己在題材和進度上把握與安排的尺度而已，也如生於日本神奈川縣橫濱市的著名茶文化學者森下典子（一九五六〜）在書中提及觀賞茶室壁龕所掛字畫時所言，「季節不僅指春、夏、秋、冬，人生也有所謂的季節。」這與漢俳、日俳相去十萬八千里，但自己從創作過程中的遣辭用句、句式結構與依此和合融會的美感等等琢磨，得到新的領悟與創現，自許美的信徒，當然也追尋千利休名言「美，由我說了算。」重要的是呼應並落實了自己第三期讀書計畫的效度和核心價值。

生性迷糊，一直沒記住庭前已養了好些時日、老闆娘說這小灌木的名字，這日澆水的時候，看到枝幹上繫了一方小小的牌子，寫著「田代氏石斑木」，是老闆娘知我迷糊習性，為我寫下這花樹的名字。看著覺得稀奇：她有一個日本人的姓氏呢，莫非是外來種？翻閱花典，才知道是日治時期有位任職於台灣總督府民政局殖產技師的日籍植物學家田代安定（一八五六〜一九二八）發現這棵台灣原生種的石斑木，因此以他姓氏命名。說來也巧，這百首俳句，與田代氏石斑木一般：雖貌似日俳，卻活脫脫是「台灣原生種」的台灣現代新文學體，一如當今時興的主題詩、行數詩或截句。

心想，俳句既是扶桑國所創，漢俳則是五四運動之後中日交流而新生，拙作雖是「台灣原生種」的台灣現代新文學體，但所有藝術都具有傳達情意的基因，因此遊戲性的以自修程度的日本語文能力逐句翻譯，正如佛洛斯特（Robert Lee Frost，一八七四～一九六三）所說：詩是在翻譯裡失去的東西。因此雖鎮日伏案進出中日語文間，但百句中翻日譯畢並未覺得累，反而因為兩種語文的互文性產生許多嶄新的感通。尤其在翻譯第三十句時得譯句「春泥半分花半分」，甚為喜愛，便取用作為書名。譯文部分，當然一來因為非專為日本人所製、二來只當自娛的「珍本」，因此並未收錄本集中，期待來日專業有識者傳譯這一百句。

在準備出版的過程中驚動台灣詩學社社長，熱誠設計十則答客問，我安以「舉燈尋花」為題；更因文體之故產生某些俗世性的困擾，有幸得蕭蕭老師一語解惑，又得白靈老是大力幫助也擲下一序，於是欣欣然畫就一幅俳句的石斑木花開圖。

文中所附圖照，是完成俳句之後再安排意、境相符的圖片，而非看圖說故事。大部分是自己行旅中隨手拍攝或寫生所得，一部分則是詩人龍妍、臉友Sufe

Chen、Jennifer Lin、喜荷、石墨客、詩人黃瑞奇、許勝奇等女士先生們提供，讓拙文益增光彩，十分感謝。

CONTENTS

#【第一句】三千

三千院紫陽花
誦遍經卷六百部

〔季〕夏

註：三千院（さんぜんいん）是位在日本京都府京都市左京區大原的天台宗寺院，供奉藥師如來。該院寺境寬廣，溪流漫漫、花木扶疏，七月時紫陽花盛開。照片則為詩人離畢華二〇一五年攝於京都曼書院門跡。

【第二句】煙火

煙火開在扇面上
浴衣裙襬下木屐聲

〔季〕夏

註：詩人離畢華攝於日本昭和紀念公園花火祭典。

【第三句】左營

左營舊城牆上的夕照
羊蹄甲跌碎

〔季〕夏

註：圖為左營舊城南門段。詩人離畢華攝影。

【第四句】清淚

清淚兩行
松脂

〔季〕秋

註：詩人離畢華二〇一五年攝自京都詩仙堂四百年老松。

【第五句】紅葉

紅葉染醉一山
白練鳴響

〔季〕秋

註：此圖乃詩人離畢華二〇一四年所作水彩畫。

釋：離畢華所繪南投杉林溪松瀧瀑布之景。松瀧瀑布為杉林溪十景之首，誠屬實也。

【第六句】棲息

棲息在睫毛上白色的夢
午夜落雪

〔季〕冬

註：照片攝於北海道洞爺湖，二〇一〇年。攝影者：詩人離畢華。

【第七句】道別

道別的話一旦說出
窗簾上的鳶尾花飄動

〔季〕夏

註：照片由許勝奇先生提供。

【第八句】深林

深林蔭涼如薄暮
道旁搖曳的狗尾草

〔季〕夏

註：許勝奇先生攝影作品。

【第九句】深秋

深秋的海潮
流雲

〔季〕秋

註：詩人離畢華二〇一八年秋季之水彩畫作。

【第十句】向死

向死亡學習
風中菅芒
〔季〕秋

註：詩人離畢華二〇一五年攝於京都曼殊院門跡。

【第十一句】初雪

初雪的花見小路
怒放的山茶

〔季〕冬

註：此圖攝於京都祇園花見小路。二〇一五年。攝影者：詩人離畢華。

【第十二句】脫下

脫下厚重的外套
綠柳飛絮

〔季〕春

註：詩人離畢華二〇一〇年北海道歸遊紀念照。

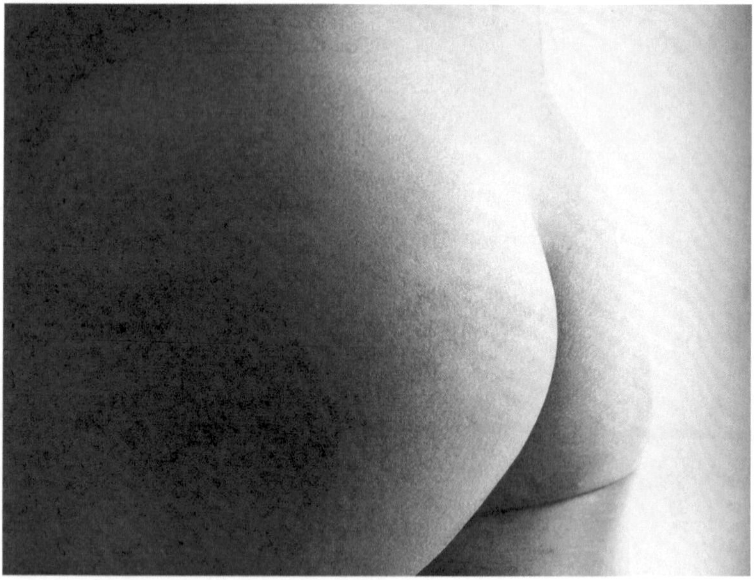

【第十三句】紅磚

紅磚道上一片腐葉
路人甲

〔季〕秋

註：圖為詩人離畢華二〇一四年水彩畫作。描繪對象為被雨打落的扶桑花。

【第十四句】綿綿

綿綿梅雨季
展紙磨墨

〔季〕春

註：此為詩人離畢華油畫作品。二〇一〇年繪製。

【第十五句】空了

（一）

空了的茶杯徹夜不語
書頁裡夾上紅葉

（二）

茶碗不說空
頁中夾紅葉

〔季〕秋

#【第十六句】登山

登山鞋
嚴冬的山道銳石如牙

〔季〕冬

註：照片攝於詩人離畢華老家水里山區。

【第十七句】鍋裡

鍋裡燜著滷白菜
空白的稿紙

〔季〕秋

註：大白菜產季自十一月始至隔年四、五月。

【第十八句】花木

花木間喜鵲鳴叫
珊瑚羽織紐

〔季〕春

註一：喜鵲每年春季約一月－四月即開始營巢繁殖。
註二：羽織紐，男性和服外掛的紐帶，華麗者有以珊瑚製作。附照之物乃詩人離畢華和服之羽織紐乃綠松石所製。

#【第十九句】春雨

春雨如淚垂掛嫩枝
烏鴉梳理羽翅

〔季〕春

註：二〇一〇年詩人離畢華攝於國立東京現代美術館。

テニスコート→

【第二十句】樹幹

樹幹上的蟬
水車轉動

〔季〕夏

註：詩人離畢華二〇一八年夏天攝於北越壁崗寺。

【第二十一句】迷途

迷途在夢的岐徑
聽見老婆舀水淘米作早餐

〔季〕無

註：此半具象油畫作品為詩人離畢華二〇一〇年所繪，主題是為捕捉一截殘夢。

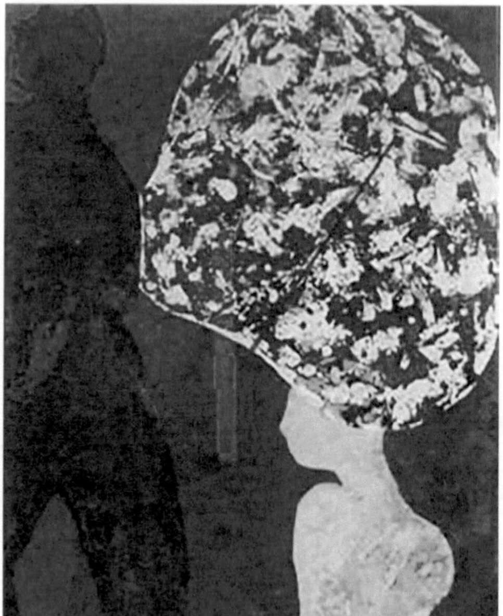

【第二十二句】疾步

疾步走過打烊的店鋪
寒冷的除夕夜

〔季〕冬

註：照片係詩人離畢華攝於北海道大沼國定公園。

【第二十三句】冬陽

冬陽照射籤架上的詩
五元銅板

〔季〕冬

註：左圖為詩人離畢華二〇一五年攝於京都鷺森神社。

釋：日幣五円，日本人經常用來投入賽錢箱添香油，因為它的諧音類如「我願（ご縁）」，我的願望或希望我能如願的意思。

【第二十四句】東照

東照宮巫女頷首踏過地上枯葉
三隻猴子

〔季〕秋

註：日本東照宮梁柱上刻有著名代表「非禮勿聽」、「非禮勿視」、「非禮勿言」的猴子。

【第二十五句】湖面

湖面薄冰如鏡
人世嚴酷

〔季〕冬

註：照片係詩人離畢華二〇一三年攝於日本山梨縣富士河口湖，冬季，湖面的薄冰。

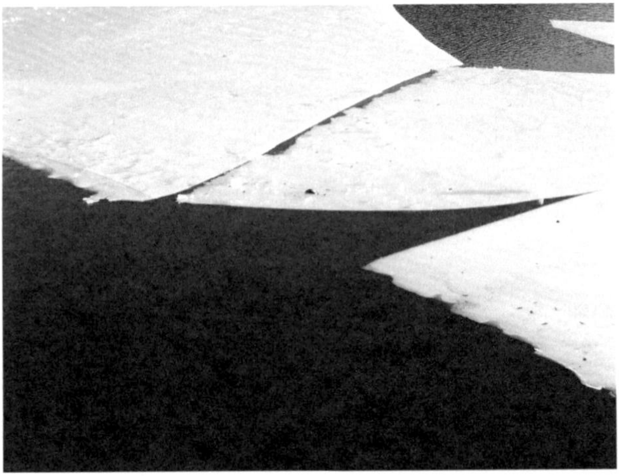

【第二十五句】湖面

【第二十六句】幽徑

幽徑通往茶室
辭枝的椿花

〔季〕秋

註：二〇一二年詩人離畢華創作膠板雕刻版印作品。

【第二十七句】矗立

矗立寒夜的大樓燈火逐一熄去
一碗熱粥

〔季〕冬

註：二〇一八年詩人離畢華攝於清邁古城邊傳統市場。

【第二十八句】雪夜

雪夜中列車從月台離開
冷掉的咖啡

〔季〕冬

註：水彩畫作完成於二〇一〇年詩人離畢華旅行北海道歸來。畫中餅乾乃六花亭著名甜食。

六花亭
2010.12

【第二十九句】墨黑

墨黑的筆電鍵盤
水田等待插秧

〔季〕春

註：畫作描繪埔里郊野景色，詩人離畢華與友人閒步偶得。

【第三十句】清明

清明掃墓
一半春泥一半花

〔季〕春

註：照片由詩人離畢華攝於二〇一四年春時。

【第三十一句】書頁

書頁間的蠹蟲
老花眼鏡

〔季〕無

註：詩人離畢華攝於京都二条古書肆，二〇一五年。

【第三十二句】彼岸

彼岸花沿著河道盛開
船夫隨波放歌

〔季〕秋

註：詩人離畢華二〇一八年攝於日月潭。

【第三十三句】流雲

流雲讓冬陽在機翼上閃耀
湄公河流域

〔季〕冬

註：前往清邁的飛機上，詩人離畢華攝於二〇一八年。

【第三十四句】火車

火車在山谷中奔馳
大雁排成人字

〔季〕秋

註：照片由女詩人龍妍提供，二〇一九年攝於瑞士。

【第三十五句】桌上

桌上凌亂的草稿
窗外電線桿上龐雜糾結的電線

〔季〕夏

註：二〇一八年詩人離畢華攝於清邁街道。

SA-3
8/20
พฤกษาเพลส

【第三十六句】幽暗

幽暗佛龕前白菊凋謝
花色高雅的拜墊

〔季〕秋

註：清邁住所有一廊道，廊道端景處設有佛龕，是詩人離畢華早晚課、靜心的道場。
二〇一八年。

【第三十七句】永觀

永觀堂的紅葉
甘酒溫熱了

〔季〕秋

註：詩人離畢華攝於京都永觀堂，二〇一五年。

釋：永觀堂院內在楓紅季節販售茶食和溫熱的甘酒，提供旅人身心溫暖。

#【第三十八句】朽木

朽木柵欄圍住的深庭大院
金碧輝煌的神

〔季〕秋

註：二〇一八年詩人離畢華所攝。
釋：清邁VILLA式的集合住宅，多是深宅大院，且多供著金色神祇。

【第三十九句】賞楓

賞楓的觀光客
哲學小徑旁住家窗戶

〔季〕秋

註：詩人離畢華攝於京都哲學小徑道旁，二〇一五年。

釋：京都在地住家對觀光客無禮的窺探不勝其擾。

【第四十句】池裡

池裡金鯉張著嘴
晾掛的和服

〔季〕冬

註：二〇一五年詩人離畢華攝於京都二条城

釋：二〇一五年京都二条推出壇「アート アクアリウム城～京都・金魚の舞～（Art Aquarium城～京都・金魚彩舞～）」中展示飾有金魚的華麗和服。

【第四十句】池裡

【第四十一句】添水

添水僧都（釋）敲響竹管
歐吉桑在有風鈴的廊下打瞌睡

〔季〕秋

註：離畢華水彩畫作「添水僧都」，二〇一五年。

釋：日本最著名的「添水」是在京都的詩仙堂，堪為「添水」走入庭院的鼻祖，「添水」之所以又被人們稱為「僧都」也源於此。傳說在奈良時代末期到平安時代，有一位得道高僧叫做玄賓僧都，被天皇招到宮廷之中，但是其本人十分厭倦功名，於是奔向山澗田野，在丹波等地的田舍流浪。每到收穫季節，僧都都幫著農夫們驅趕麻雀等，農民十分感激他，後來庭院建造大師根據這個故事，將驅趕鹿、狐狸等動物的用具命名為「僧都」，以此紀念（節自維基）。

【第四十二句】侘寂

侘寂四疊半
天目茶碗

〔季〕春

註：二〇〇五年詩人離畢華攝於日本上野ゆかりの宿水月ホテル鷗外莊。

釋：日本上野ホテル鷗外莊係文豪森鷗外故居改建。

【第四十三句】方丈

方丈室前枯山水
春雨綿綿

〔季〕春

註：詩人離畢華攝於京都花見小路建元寺內，二〇一五年。

【第四十四句】桃花

桃花節時在水邊作詩

唐菖蒲

〔季〕春

註：照片由黃瑞奇先生提供。

釋：日本桃花節本來在農曆的三月初三，明治維新後改為西曆三月三日。三月三節日的習俗最初是由中國傳入「曲水流觴」的活動，就是大家坐在河渠兩旁，在上流放置酒杯，酒杯順流而下，停在誰的面前，誰就取杯飲酒，並即席作詩。當年未逢時節，只見彎彎曲曲的水道邊長著一叢叢的唐菖蒲。

【第四十五句】新娘

新娘禮車駛過街道
炮仗花開

〔季〕初春

註：照片由喜莿女士提供。

【第四十六句】法國

法國女人走過河內街道
越南咖啡

〔季〕夏

註：詩人離畢華攝於越南河內聖約瑟夫天主堂前三六古街，二〇一八年。

【第四十七句】焚燒

焚燒秋收後田地的稻草
泥製的菩薩

〔季〕秋

註：詩人離畢華的照片則是攝於南投草屯草埔山上汗漫書院演講完畢歸途於三級古蹟藍田書院外田野。二〇一四年。

【第四十八句】撐開

撐開美濃油紙傘
熄滅一根菸

〔季〕初春

註：照片由Jennifer Lin女士提供。

【第四十九句】秋月

秋月清暉
漆成白色的房子

〔季〕秋

註：越南河內的建築，詩人離畢華二〇一八年攝得。

【第五十句】德里

德里街道上此起彼落的喇叭聲
悠閒踱步的白牛

〔季〕秋

註：詩人離畢華二〇一九年速寫於北印德里街道。

【第五十一句】滿街

滿街流動咚咚鏘的新年歌
老枝新芽

〔季〕春

註：二〇一一年詩人離畢華在高雄市立美術館攝得。

【第五十二句】梔子

梔子花開白勝雪
小寺院傳來梵唱聲

〔季〕夏

註：詩人離畢華攝於越南壁崗寺，二〇一八年夏。

【第五十三句】子夜

子夜曇花爆開
捧讀《陰翳禮讚》
〔季〕夏

釋：曇花，又稱月下美人，初夏節花蕾，約四至五月開。

【第五十四句】春雨

春雨細細飄落
鬚根在地底老去

〔季〕晚春

註：詩人離畢華攝於東京豐洲，二〇一〇年。

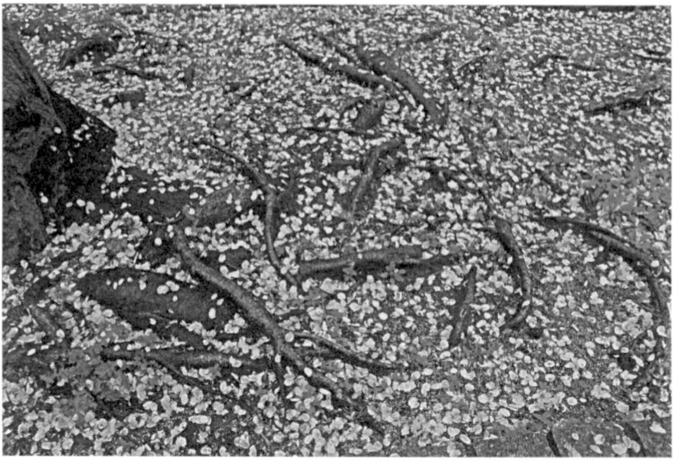

【第五十五句】山躑

山躑躅開
杜鵑泣血

〔季〕春

註：詩人離畢華攝於嘉義關子嶺，二〇一九年。

【第五十六句】數十

數十本發黃日記簿
風雪中轉山途經的瑪尼石堆

〔季〕冬

註：二〇一九年詩人離畢華攝於阿郎壹古道藍田段。

釋：要轉的山名叫岡仁波齊峰（Mount Kailash，海跋六千七百二十一公尺）。岡仁波齊在藏語中意為「神靈之山」，被藏傳佛教認定為世界的中心。轉山一圈，可洗盡一生罪孽。

瑪尼石堆多為白色石頭的堆積，常常呈方形或圓形，放置在山頂、山口、路口、渡口、湖邊或寺廟、墓地之處，用於祈福，也變成藏人們的保護神。

【第五十七句】早春

早春晨露
我聖潔謙卑又短暫的生命

〔季〕春

註：詩人離畢華攝於散步路徑，二〇一八年。

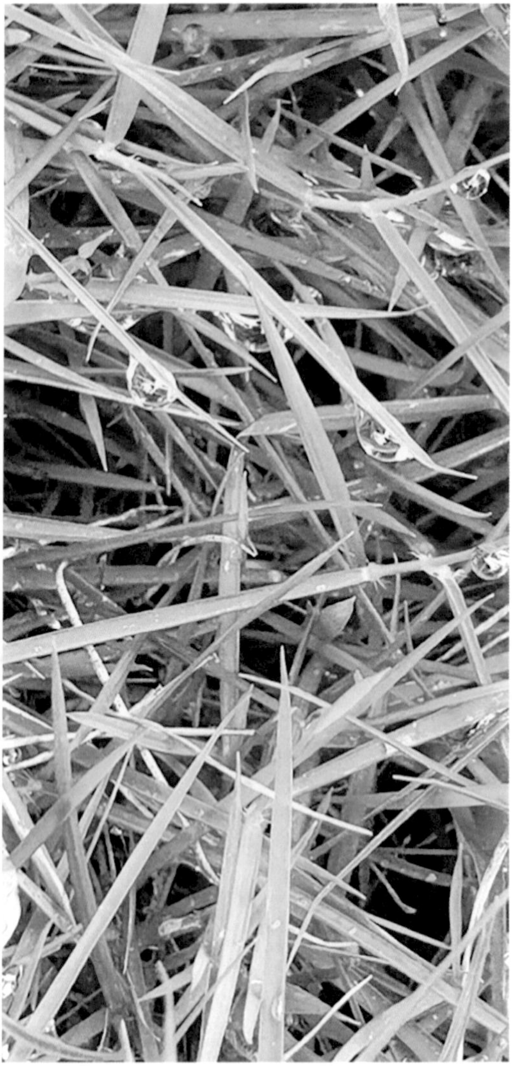

【第五十八句】馬纓

馬纓丹開花結果
巴洛克的珍珠

〔季〕春末

註：照片攝於散步路徑，二〇一八年，詩人離畢華。

【第五十九句】過熱

過熱的電磁爐
歡樂的除夕團圓飯

〔季〕冬

註：詩人離畢華攝自寒舍佛龕，二〇一八年。

【第六十句】不要

不要闔上雙耳
聽見第一道光的綻放

〔季〕新春／元旦

註：詩人離畢華二〇一八年攝於日月潭清晨。

【第六十一句】一齣

一齣老戲碼
春夏秋冬

〔季〕無

註：二〇一五年詩人離畢華攝得。

釋：此景乃京都詩仙堂，四季四色並存，異景也。

【第六十二句】千枝

千枝萬葉篩下的光點
光陰寸金

〔季〕春

註：此景由詩人離畢華攝自京都哲學步道，二〇一五年。

【第六十三句】泳池

泳池裡孩童歡聲喧鬧
彩色繪本

〔季〕夏

註：淡彩畫作，詩人離畢華二〇一七年的作品，原刊於中華日報副刊。

【第六十四句】越冬

越冬的紫斑蝶
國之南境

〔季〕夏

註：紫斑蝶即「斯氏紫斑蝶」，亦可稱「紫蝶」。

【第六十五句】春寒

春寒料峭的清晨
茶芽在陶杯裡旋舞

〔季〕春

註：二〇一五年詩人離畢華攝。
釋：曾氏紅茶所出「山紅茶」。

【第六十六句】待春

待春的冰面忽然龜裂
幼雛啼鳴的聲音

〔季〕春

註：詩人離畢華攝自北海道支笏湖遊客中心。二〇一〇年。

【第六十七句】天空

天空的魚鷹尋找海裡的魚
海面的帆船尋找晴空的風

〔季〕春

註：照片提供石墨客先生。

【第六十八句】梅雨

梅雨季潮濕的棉被
醬缸裡醃製的小黃瓜

〔季〕春

【第六十九句】清空

清空房子
看到海平面

〔季〕夏

註：詩人離畢華攝於阿朢壹古道，二〇一九年。

【第七十句】劈柴

劈柴
第一片雪花開始飄落

〔季〕初冬

註：詩人離畢華畫作，複合媒材作品，五十F，二〇〇一年。

【第七十一句】街道

街道上霓虹燈逐漸亮起
夜空遺失星群

〔季〕初冬

註：照片乃詩人離畢華夜間閒步所得，高雄巨蛋百貨廣場，二〇一七年。

【第七十二句】禿短

禿短的稻梗
一群野雀騰飛

〔季〕秋

註：二〇一八年詩人離畢華攝於台北市信義區四四南村。

【第七十三句】晨浴

晨浴恆河水中之人
浮沉於世的異鄉客

〔季〕秋

जल पुलिस

【第七十四句】一直

一直改道的河川
人之旅途

〔季〕夏

註：此河是湄公河支流，詩人離畢華攝於清邁，二〇一八年。

【第七十五句】防風

防風林的木麻黃
飄動的髮絲

〔季〕夏

#【第七十六句】飄落

飄落一片枯葉
棋盤上久久下了一子

〔季〕秋

註：詩人離畢華散步清邁居停之處所攝。二〇一八年。

【第七十七句】勞碌

勞碌奔波的人
洗衣機裡快速旋轉以脫水的工作服

〔季〕無

【第七十八句】飛翔

飛翔的金色鳳凰
晴空塔的高速電梯

〔季〕無

註：離畢華攝於東京豐洲住處，二〇一九年。

【第七十九句】露地

露地（釋一）無花可賞
凹間（釋二）竹製的花器

〔季〕夏

註：兩張照片句均為詩人離畢華攝於京都天龍寺，二〇一五年。

釋一：露地，客人進入茶室之前必須經過這個空間，象徵在此處放下世俗一切進入茶室專心賞茶。露地又稱為茶庭，為客人進入茶室之前所必須經過的空間。據《南方錄》記述，露地一詞源自於佛經，說修行的菩薩通過了三界的昧火才來到了露地，因此露地並非娛樂觀賞的場所，而是作為修行的場域，露地作為世俗世界與心靈綠洲的過度帶，來到這須將世俗的一切放下，具有洗滌心靈之用（擷自維基）。

釋二：床之間，又稱凹間。茶室凹進去的小空間，懸掛與當日茶會主題相關的掛軸、花器或當季花卉。凹間是日本住宅裡疊蓆房間（和室）的一種裝飾（擷自維基）。

【第八十句】苔點

苔點青青被覆石燈籠
春晨初曉

〔季〕春

註：詩人離畢華所作佛陀笑系列電媒作品，一九九九年。

【第八十一句】鏡子

鏡子裡的遠方
年終掃除擦拭傢俱

〔季〕冬

【第八十二句】梔子

梔子花和玉蘭執手駢行
夜宿涵碧樓

〔季〕夏

註：詩人離畢華攝自日月潭涵碧樓，二〇一三年。

#【第八十三句】泰姬

泰姬瑪哈陵
被三八度C高溫蒸發掉的粉紅淚滴

〔季〕秋

註：照片由離畢華攝於北印泰姬瑪哈陵，二〇一九年秋。

釋：印度詩人泰戈爾筆下形容泰姬瑪哈陵（Taj Mahal）是「一滴永恆的淚滴」。

【第八十四句】隱形

隱形眼鏡和老花眼鏡
網路和一份報紙

〔季〕無

【第八十五句】缽內

缽內空空
沿街泰僧的早課

〔季〕無

註：照片攝於泰國清邁旅次清晨。二〇一八年。

【第八十五句】缽內

【第八十六句】彩繪

彩繪燈籠爭奇鬥艷
紅白元宵甜滋滋

〔季〕正月

註：二〇一九年新春期間詩人離畢華閒步「微風南山」所攝。

【第八十七句】櫥窗

櫥窗內裸身的模特兒
重裘逛街而過的婦人

〔季〕冬

註：二〇一九年詩人離畢華街道散步所見。

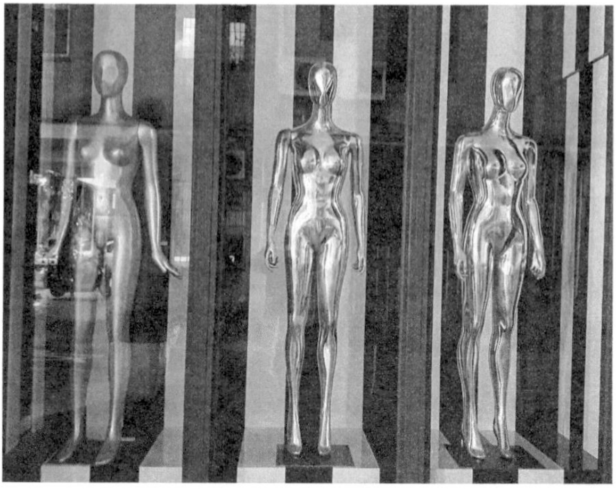

【第八十七句】櫥窗

【第八十八句】玻璃

玻璃瓶內的金魚
變形如無常的寬廣的世界

〔季〕夏

註：二〇〇八年高雄鋼雕藝術節於中都唐榮磚窯廠，詩人離畢華所攝。

【第八十八句】玻璃

【第八十九句】茶筅

茶筅（註一）開始轉動

涓涓流水聲

〔季〕夏

註一：茶筅，圓筒竹刷，乃是將竹切成細刷狀所製成，日人茶道所用。

註二：詩人離畢華二〇一五年攝於京都詩仙堂吃茶館。

#【第九十句】生命

生命故事
缺頁或破損無處更換

〔季〕無

註：詩人離畢華二〇〇九年攝於香港跑馬地。

【第九十一句】清風

清風不識字
俳句寫在柳條上

〔季〕夏

註：照片由Sufe Chen提供。

【第九十二句】漁船

漁船已出港
空無一人的碼頭

〔季〕夏

註：二〇一八年詩人離畢華攝於越南下龍灣小漁村。

【第九十三句】遺棄

遺棄路邊的腳踏車
醉酒的上班族

〔季〕無

【第九十四句】嬌豔

嬌豔的玫瑰
不畏尖刺的蟲子

〔季〕夏

【第九十五句】靈感

靈感
田泥裡捉泥鰍

〔季〕秋

註：詩人離畢華三〇F油畫作品，完成於二〇〇一年。

#【第九十六句】師法

師法自然
條枝是田野的書法

〔季〕晚春

註：二〇一九詩人離畢華與眾家詩人春遊白河林初埤。

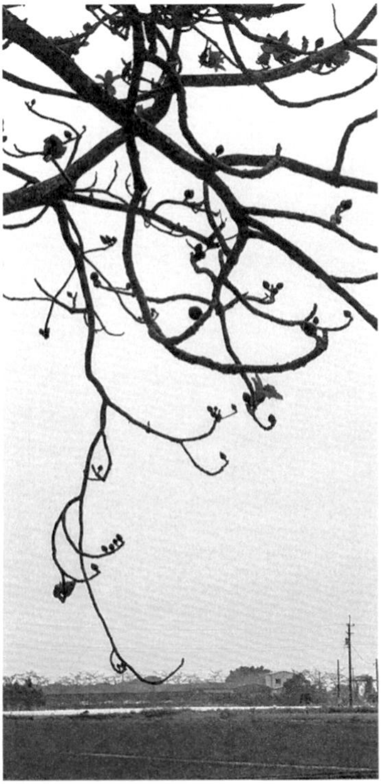

【第九十七句】曬衣

曬衣繩上的衣物
家族畫像

〔季〕無

註：盧氏家族攝於南投縣水里鄉鉅工村二坪巷三十六號。

【第九十八句】樹的

樹的意義在於挺立
英雄樹穿著有刺的甲冑

〔季〕晚春

註：詩人離畢華二〇一九年攝於白河林初埤。

【第九十九句】拋擲

拋擲銅板
兩面都沒有答案

〔季〕無

【第一〇〇句】手中

手中緊握的筆
射中天心的箭

〔季〕無

註：詩人離畢華攝於亞洲大學亞洲現代美術館，二〇一七年。

語言文學類　PG2274　台灣詩學同仁詩叢01

春泥半分花半分：台灣新俳壹百句

作　　者 / 離畢華
主　　編 / 李瑞騰
責任編輯 / 石書豪
圖文排版 / 楊家齊
封面設計 / 劉肇昇

發 行 人 / 宋政坤
法律顧問 / 毛國樑　律師
出版發行 / 秀威資訊科技股份有限公司
114台北市內湖區瑞光路76巷65號1樓
電話：+886-2-2796-3638　傳真：+886-2-2796-1377
http://www.showwe.com.tw
劃撥帳號 / 19563868　戶名：秀威資訊科技股份有限公司
讀者服務信箱：service@showwe.com.tw
展售門市 / 國家書店（松江門市）
104台北市中山區松江路209號1樓
電話：+886-2-2518-0207　傳真：+886-2-2518-0778
網路訂購 / 秀威網路書店：https://store.showwe.tw
國家網路書店：https://www.govbooks.com.tw

2019年12月　BOD一版
定價：380元

國家圖書館出版品預行編目

春泥半分花半分 : 台灣新俳壹百句 / 離畢華著.
-- 一版. -- 臺北市 : 秀威資訊科技, 2019.12
面； 公分. -- (語言文學類 ; PG2274) (台灣詩學同仁詩叢 ; 1)
BOD版
ISBN 978-986-326-767-6(平裝)

863.51 108021105

讀者回函卡

感謝您購買本書，為提升服務品質，請填妥以下資料，將讀者回函卡直接寄回或傳真本公司，收到您的寶貴意見後，我們會收藏記錄及檢討，謝謝！如您需要了解本公司最新出版書目、購書優惠或企劃活動，歡迎您上網查詢或下載相關資料：http:// www.showwe.com.tw

您購買的書名：________________________________

出生日期：________年________月________日

學歷：□高中（含）以下　□大專　□研究所（含）以上

職業：□製造業　□金融業　□資訊業　□軍警　□傳播業　□自由業

□服務業　□公務員　□教職　□學生　□家管　□其它_____

購書地點：□網路書店　□實體書店　□書展　□郵購　□贈閱　□其他

您從何得知本書的消息？

□網路書店　□實體書店　□網路搜尋　□電子報　□書訊　□雜誌

□傳播媒體　□親友推薦　□網站推薦　□部落格　□其他__________

您對本書的評價：（請填代號　1.非常滿意　2.滿意　3.尚可　4.再改進）

封面設計____　版面編排____　內容____　文／譯筆____　價格____

讀完書後您覺得：

□很有收穫　□有收穫　□收穫不多　□沒收穫

對我們的建議：________________________________

____

____

____

請貼
郵票

11466
台北市內湖區瑞光路 76 巷 65 號 1 樓
秀威資訊科技股份有限公司 收
BOD 數位出版事業部

（請沿線對折寄回，謝謝！）

姓　　名：＿＿＿＿＿＿＿＿　年齡：＿＿＿＿　性別：□女　□男

郵遞區號：□□□□□

地　　址：＿＿＿＿＿＿＿＿＿＿＿＿＿＿＿＿

聯絡電話：(日)＿＿＿＿＿＿＿＿ (夜)＿＿＿＿＿＿＿＿

E-mail：＿＿＿＿＿＿＿＿＿＿＿＿＿＿＿＿